내 인생의 노트

61
회갑기념

정성군 저자

내 인생의 노트 61

초판 1쇄 발행 2022년 5월 5일

지 은 이   정성군
발 행 인   권선복
편   집   권보송
디 자 인   서보미
전 자 책   오동희
발 행 처   도서출판 행복에너지
출판등록   제315-2011-000035호
주   소   (157-010) 서울특별시 강서구 화곡로 232
전   화   010-3267-6277, 02-2698-0404
팩   스   0303-0799-1560
홈페이지   www.happybook.or.kr
이 메 일   ksbdata@daum.net

값 17,000원

ISBN 979-11-5602-619-8 (03810)

도서출판 행복에너지는 독자 여러분의 아이디어와 원고 투고를 기다립니다. 책으로 만들기를 원하
는 콘텐츠가 있으신 분은 이메일이나 홈페이지를 통해 간단한 기획서와 기획 의도, 연락처 등을 보
내주십시오. 행복에너지의 문은 언제나 활짝 열려 있습니다.

내 인생의 노트

61
회갑기념

정
성
군
저
자

나는 오늘 내 마음속에 한 그루 나무를 심었다

살아간다는 것, 그 순수하고 소박한 노래

도서
출판 행복에너지

───────────────── ✳ ─────────────────

내용이 너무 뜨겁지도 너무 차갑지도 않고 사람의 체온처럼
따듯한 온기가 느껴지는 그냥 살아온 이야기와 느낌을
소탈하게 글로 표현한 『내 인생의 노트』 출간을 축하합니다.

– 짝지 임민숙

───────────────── ✳ ─────────────────

일상생활이 추억으로만 남으면 아쉬워
따듯하고, 웃음 짓게 하고, 다시금 생각을 하게 하는 글.
일상으로 돌아와 가슴 깊이 머무르게 하는 책입니다.

– 시사우리신문 취재부장 박인수

'내 인생의 노트' 글쓰기를 시작하면서

글쓰기를 한다는 것은 쉽지는 않지만 인생 후반전을 충만하게 보내기 위해서는 최고로 좋은 것 중에 하나이다. 하루를 시작하는 아침의 글쓰기는 머릿속에 있던 생각을 정리하고 행복감을 느끼게 한다. 글을 쓰다 보면 실타래처럼 얽히고설킨 번잡함이 없어지고 자신의 마음속 내면을 들여다보고 편안하게 해주는 치유 효과를 실감한다. 아무리 디지털 시대라고 하지만 글쓰기는 나와의 의사소통에 있어 핵심 수단이다.

글을 쓴다고 해서 역사에 길이 남을 명문집을 쓰는 것도 아니고 처음부터 길고 긴 장문집을 쓰는 것도 아니다. 처음에는 문득문득 생각나는 것을 그냥 한 단락씩 써 보고 생각이 나로부터 쉽게 떠나지 않도록 붙잡아 두어서 오랫동안 내 마음속에 머물러 있게 하자. 남이 보면 어떤 평가를 내릴까 두려워하지 말자. 수식어, 미사여구가 들어가는 말보다 진솔한 글을 한번 써보자.

"내 인생의 노트를 시작하면서"

목차

추천사 • 4

들어가는 말 : '내 인생의 노트' 글쓰기를 시작하면서 • 5

1장 낙동강가의 버들강아지

글을 쓴다는 것은 • 12 나중에란 없다 • 14 세상에서 가장 먼 거리 • 15

나에게 행복이란 • 16 잠시 일상을 벗어나는 삶 • 18 인생의 법칙 • 20

낙동강가의 버들강아지 • 21 내가 꿈꾸는 삶 • 22 나만의 여유 • 24

3월의 출근길 • 26 어머니와 아침 밥상 • 28 우리 곁에 봄이 왔다 • 30

경칩 • 32 산다는 것은 • 34 춘삼월의 어느 날 • 36

봄을 느끼는 오르가슴 • 38 봄이 오는 소리 • 39 비 그친 금요일 오후 • 40

살다 보면 • 42 중년의 마음 철학 • 44 로즈 데이 • 46 오늘은 어버이날 • 48

어머니 생각 • 50 오늘은 부부의 날 • 52 파란 하늘 • 54

중년의 가슴속에도 비가 내린다 • 56 세상에서 가장 아름다운 어머니 손 • 58

말이 운명을 바꾼다 • 60 어머니의 사랑 • 62

2장 그리움이 한 송이 꽃이 되었네

일 년의 절반 • 66 나는 행복하게 잘 살고 있는 것일까 • 67

칠월 중순의 여름 • 68 헤벌레 웃자 • 69 좋아질 땐 • 70

세월의 시간표 • 72 우리 마을 앞 꽃길 • 73

내 인생의 브레이크 • 74 볼매 들매 • 75 홈 술 • 76

가을이 오는 소리 • 77 두 두 두 두 빗방울 소리 • 78 구월의 첫날 • 79

가을 비 • 80 그리움이 한 송이 꽃이 되었네 • 81

가을을 알리는 시월이 왔다 • 82 빨간 맨드라미 꽃 • 84

이 아름다운 가을날에 • 86 손주와의 기차여행 • 88 시월의 어느 멋진 날에 • 90

주말 산행 • 92 시월 중순 • 94 시골의 가을밤 • 95

달팽이 모자 • 96 아름다운 가을 하늘 • 98 친구와의 골프 • 100

나를 행복하게 하는 습관 • 102 "Making excellence a habit" • 104

3장 가을 구절초 꽃길

낙동강가의 가을 • 108 겨울 마중 • 109 함께하는 하루 • 110

가을 구절초 꽃길 • 111 호기심 • 112 누구에게 물어볼까 • 113

회갑 • 114 꼭 꼭 꼭 • 116 가을 옷 • 117 요란한 가을비 • 118

나이 듦의 기술 • 120 소중한 나와 너 • 122 젊 사 황 사 • 123

결혼식 축하 색소폰 연주 • 124 아버지가 서야 될 자리 • 126 가을 단풍 • 127

뺑세이에 대한 추억 • 128 주말 일상 • 129 11월의 첫날 • 131

60 즈음에 써야 될 말 말 말 • 132 멋진 인생 후반전이란 • 133

반성문 • 134 화를 잘 다스려야 • 135 사는 게 힘들 때면 • 136 그런 사람 • 137

포기란 • 138 하즐 평즐 • 139 나를 사랑할 줄 아는 삶이란 • 140

후회 없는 인생이란 • 142 늦가을 산사의 아침 풍경 • 144

어머니의 자식사랑 • 146 늦은 가을 소풍 • 148

낙엽 길 • 150 버스 킹 • 152

4장 어머니의 동지 팥죽

기나긴 겨울의 시작 • 156 아름다운 거울이 된 시골 저수지 • 158

세상에서 제일 공평한 것 • 160 나눔과 행복병원 개원 10주년 • 161

아름다운 동행 • 162 돈에 대한 생각 • 164 조카의 수능 • 166

그 약속 지켜주어서 고마워 • 167 색소폰 사랑 • 168 거짓말 • 170

살다 보면 • 172 소소한 것이 모이면 인생이 달라진다 • 173

요리하는 남자 • 174 어머니의 노래와 아들의 색소폰 연주 • 176

자장면에 대한 추억 • 178 커피와 크래커 • 180 감사의 마음 • 182

정년퇴직을 앞두고 • 184 금퇴족인가 흙퇴족인가 • 186 아쉬움 • 187

연말 건배사 • 188 겨울의 신평동 골목길에서 • 189 12월 • 190

고향 들녘 서리꽃의 추억 • 191 글쓰기 인테리어 • 192 시골 장날 • 194

어머니의 동지 팥죽 • 196 아름다운 동행 • 198 나만의 색깔 • 200

사과와 감사 • 202 그때 그 시절 • 204 웰 에이징 • 206

신마산 댓거리 새벽시장 • 208 친구들아 행복하게 살자 • 209

독일 아우토반을 달렸던 추억 • 210

나오는 말 : '내 인생의 노트' 글쓰기를 마무리하면서 • 213

출간후기 • 214

1장

낙동강가의
버들강아지

글을 쓴다는 것은

글을 쓴다는 것은
내 마음속에 나무 한 그루를 심어
아름다운 숲을 가꾸는 것이다.

글을 쓴다는 것은
내 마음속에 나태함을 없애기 위해
진심을 심고 가꾸는 것이다.

글을 쓴다는 것은
내 마음속에 향기를 뿜어내어
세상을 향기롭게 만드는 것이다.

글을 쓴다는 것은
내 마음속에 사랑을 심어
세상을 아름답게 하는 것이다.

글을 쓴다는 것은
내 마음속에 고여 있는 물을
넓은 바다로 여행을 보내는 것이다.

글을 쓴다는 것은
내 자신을 되돌아보게 만들고
마음속을 충만함으로 가득 채워
내 삶을 여유롭게 하는 것이다.

나중에란 없다

어느덧 시간은 물처럼 흘러 흘러
엊그제 시작된 새해가
벌써 일월 말이다.
시간은 나를 기다려 주지 않고
참 빠르게 흘러간다.

하고 싶은 일 있으면
그때 그때 하고

보고 싶은 사람 있으면
그때 그때 만나고

가보고 싶은 곳 있으면
그때 그때 가보고

진짜로 나중에란 없다
오늘도 자신이 하고 싶은 것
실천하는 하루가 되자

세
상
에
서

가
장
먼

거
리

나 어릴 때 세상에서
가장 먼 거리는
진주에서 서울까지
천 리 길이라 생각했다.

나 젊었을 때는 세상에서
가장 먼 거리는
지구에서 달까지
거리라 생각했다.

나 이제 중년의 나이에 접어드니
세상에서 가장 먼 거리는
내 머리에서 가슴까지
내려오는 거리이다.

생각을 행동으로 옮기는 데
60년이라는 세월이 걸렸으니까

나에게 행복이란

나는 행복하게 잘 살고 있는 것일까
나는 가끔 이런 생각을 하며
나 자신에게 물어보곤 한다.

이른 새벽에 연습실에서 색소폰을 불며
몰입하는 이것도 행복인 것을
하루 일과를 시작하는 아침
업무 시작 전에 편안하게 마시는
한 잔의 커피 이것도 행복인 것을

점심 식사 후 가볍게 콧노래를 부르며
웃는 것 이것도 행복인 것을
일 마치고 라디오를 들으며
퇴근하는 길 이것도 행복인 것을

집에 도착해서 김이 모락모락 나는
따듯한 저녁 식사 이것도 행복인 것을
틈틈이 하는 글쓰기 이것도 행복인 것을

이 모든 것이 행복인 것을

잠시 일상을 벗어나는 삶

엊그제가 새해였는데
벌써 1월도 중순을 넘어서
하순으로 가고 있다.

언제 끝날지 모르는 코로나
아니 끝나더라도 일상은
바뀌지 않을 것 같다.

오늘은 딸과 사위 덕분에
일상에서 벗어나 밀양 산내면 골짜기
캠핑장에서 아무 걱정 없이
1박 2일을 즐긴다.
너무 좋다.

온 가족이 함께 삼겹살에 소주도 한잔하고
맛있는 요리도 해먹고
손주와 장작불 피워놓고

내 인생의 노트 61

고구마와 가래떡 구우며

웃고 즐기고 아름다운 추억도 만들고

너무너무 행복하다.

인생의 법칙

혹자는 말한다.
인생 사는 데 무슨 법칙이 있냐고
그냥 닥치는 대로
세상에 순응하며 살면 되는 거지.

하지만 좀 더 행복한 인생을 위하여
하지 말라는 것 하지 말고
가볍게 경쾌하게 살자.

좋은 사람들과 함께 어울리며
하루하루를 행복하고 충만하게
자신이 만들어 가면서
아름다운 인생을 살자.
이것이 바로 인생의 법칙이다.

인생의 법칙을 실천하면
하루하루 삶이 행복해진다.
자신의 인생은 자신이 만드는 것이다.

낙동강가의 버들강아지

봄이 들어선다는
입춘이 지나고
동면하는 개구리가
놀라서 깬다는 경칩
사이에 대동강 물도
서서히 풀린다는
우수절기에
자연은 서서히
봄을 향해 움직여야 하건만
가냘픈 봄의 입김이
늦추위 겨울바람에 밀려
아직 낙동강 물가에 있는
버들강아지는 얼음에 갇혀서
봄이 데려오기만을
기다리고 있네.

내가 꿈꾸는 삶

사람들은 내일의 꿈과 희망을
가지고 살아간다.
님과 함께 노래가사처럼
저 푸른 초원 위에
그림 같은 집을 짓고
한 백 년 살고 싶네.

거실 창으로 환하게
햇살이 비쳐올 때
창밖 풍경을 바라보며
커피 한잔으로
하루를 시작하고
집 앞 조그마한
텃밭을 돌보고 틈틈이 책도 읽고
오후에는 색소폰을 불며
친구들과 이야기도 하고
때때로 지역어르신께
봉사도 하고

저녁 시간에는 정성껏
준비한 식사로 부부간에
이야기꽃도 피우고

그리고 밤에는
밤하늘에 반짝이는
별을 바라보며
내일의 여행을 이야기하는
그런 꿈이 있고 계획이 있고
배우고 성장하며 멋지게 살자.

나만의 여유

바쁘게 살다 보니
어느새 2월 끄트머리에 서 있다.

아직도 동장군이 겨울을 꽉 잡고
놓아주질 않는지 날씨마저 춥다.

이렇게 추운 날에는
따듯한 커피 한잔을 마시면서

느긋하게 한 템포 쉬면서
흔적 없이 지워져 가는
시간을 뒤돌아보고

곧 다가올 봄의
아름다운 세상을 생각하면서
살며시 웃음꽃도 피워보고

2월의 마지막 주말은

잠시 마음의 문을 잠그고

나만의 여유를 즐겨보자.

3월의 출근길

3월의 첫날 출근길 내리는 비가
차 앞 유리창에 톡톡 부딪친다.

봄을 재촉하고 알리는
비일진대 아직은 춥다.

아침에 내리는 비는
오늘도 마음을 잘 다스리라는
응원의 비일 것이다.

길가에 벚꽃 나무도
빗소리에 흥이 나서
춤을 춘다.

이 비가 그치면
봄꽃 소식을 기다려도 되겠지
오늘 하루도 상큼하게 출발하자.
파이팅이다.

내 인생의 노트 61

어머니와 아침 밥상

주말이면 시골에 홀로 계시는 어머님 댁에 꼭 간다.
오늘 아침에는 계란찜에
고등어구이 카레를 만들어서
아침 밥상을 준비했다.
아침을 맛있게 잘 드신 후
어머니의 주름진 얼굴에 미소가 그려지고
큰아야 정말 잘 먹었다고 하신다.

옛날에는 자식 밥 먹는 모습만 보아도 어머니는
배가 부르다고 했는데
이제는 어머니께서 맛있게 드시는 모습만 보아도
자식은 행복합니다.
어머니께서 저한테 차려주신
밥상이 얼마나 많은데
그것에 비하면 아직 몇십 년을
더 차려야 되는데
반의 반이라도 하고 싶습니다.

어머니 아들이 차려준 밥상 항상 맛있게 드시고
건강하세요.
그 사랑 보답하며 살겠습니다.

우리 곁에 봄이 왔다

경칩 날 봄이 오는 소리에
개구리가 겨울잠을 깼다.

어젯밤에 내린 비에
봄비를 맛있게 머금은
들판에 봄나물들이
샤워를 하고
예쁜 초록 옷으로 갈아입는다.

길가에 벚꽃나무 꽃망울이
새색시 볼마냥 발그레이
얼굴에 화장을 한다.

강가에 물 머금은 수양버들
숫처녀 가슴처럼 팽팽한 걸 보니

이제 추운 겨울은 다 지나가고
우리 곁에도 봄이 왔다.

한 주를 마무리하는 금요일 오후.

경칩

개구리가 안녕

봄을 알리네

봄비를 머금은

들판에 잔디가

초록으로 물들어 가고

길가의 벚꽃나무

분홍빛 꽃망울이

움을 틔운다.

강가에 수양버들 나무에는

초록 잎 싹을 틔우네.

이번 주말에는

고향 들판에서

봄나물 캐서

봄맛을 느껴보자.

산다는 것은

산다는 것은
길을 가는 것이다.

산다는 것은
싸우러 가는 것이다.

산다는 것은
농사를 짓는 것이다.

산다는 것은
여행을 떠나는 것이다.

산다는 것은
예술 작품을 만드는 것이다.

산다는 것은
무거운 짐을 지고 가는 것이다.

이 모든 길이 힘들지만 인생을 바로 살자.
오늘 하루도 정도와 대로를 힘차게 걸어가는
하루가 되자.

춘삼월의 어느 날

춘삼월이다.
산과 들에
산들바람이 불고

앞산 뒷산에는
진달래가
불타오르고

들판의 꽃에는
나비가 너울너울
춤을 추고

따스한 봄 햇살이
포근하게 나의 마음을
감싸주면

이 좋은 춘삼월에는

고향동산 진달래 따서 먹고

동심으로 돌아가고 싶다.

봄을 느끼는 오르가슴

한낮 온도 18도
드디어 겨울과 봄이
밀회를 끝마치고
햇살이 따스함을
느끼기 시작한다.
봄 햇살이 온 대지를
따스하게 비추면
매화 향기 가득하고
봄꽃과 아지랑이가
봄을 따듯하게 애무해
비몽사몽 오르가슴을
느끼게 한다.

봄이 오는 소리

밤새 촉촉이 내린 봄비에
봄기운을 머금은
나뭇가지에 알알이 맺힌 빗방울
날이 밝아 햇살이 아름답게 비추니
구슬처럼 영롱하게 반짝이고
따사로이 부는 봄바람 가락에 맞추어
빗방울이 봄 노래를 부른다.
내 머리카락에 와 닿는 산들바람에
간지러움이 밀려온다.
내 뺨을 두드리는 향긋한 봄바람이
미소를 머금게 한다.

설렘에 가슴도 두근거린다.

비 그친 금요일 오후

비 그친 금요일 오후
무엇을 심을까.

햇살 따스한
봄날에
마음속 한구석에
조그마한 텃밭을
일구었어요.
사람들은 고추며
상추를 심겠지만
나는 내 마음속에
그대를 심겠습니다.

내 마음속에 글

내 인생의 노트 61

살다 보면

살다 보면

가끔 옛 추억이

떠오르곤 한다.

어제는 독일 전통

맥주와 소시지가 그리워

딸과 함께 동네 가까이 있는

도이첸에 가서 독일식 핫도그와

맥주를 주문했다.

"카하" 역시 이름도 생소한

프랑크프루트 핫도그

독일 오리지널 핫도그

맥주를 곁들이니 그 맛이 일품이다.

가끔 생각나면 즐기도록 해야겠다.

성과급을 받았다고 아빠에게 용돈을 준 "작은딸과 함께".

중년의 마음 철학

걱정하는 만큼 두려운 일은 결코 일어나지 않는다.
미리 겁내지 말자.

미래에 대한 불안을 끊어 내면 오늘이 편안해진다.
오늘을 충실하게 즐겨라.

살면서 모든 순간은 언제나 첫 경험일 수밖에 없다.
실수한 나를 용서하자.

과거에 대한 죄책감은 오늘을 무기력하게 보내는
핑계다.
지나간 모습에도 만족하자.

분노는 어떠한 것도 해결 못 한다.
감정에서 자유로워지자.

모두에게 웃어버리면 결국 신뢰를 잃게 된다.
미움 받을 용기를 갖자.

자식은 자식 나는 나 자녀의 삶을 존경하자.
그들의 과제에 끼어들지 말자.

상대가 나의 조언을 거절하면 받아들이자.
언제든 얘기하면 받아 주자.

힘들 때면 도움을 요청하자.
자신을 궁지로 몰아넣지 말자.

상대가 나에게 선의를 가지고 있다고 믿자.
"미안해" 보다는 "고맙다"고 말하자.

로즈데이

오늘은 모두에게
빨간 장미를 드립니다.

당신의 빨갛게 물든 가슴에
활짝 핀 장미를 드립니다.

오늘 이 빨간 장미를 보고
기분이 좋아지면

뭐라고 말할 수는 없지만
오늘은 분명히 당신에게

행운과 함께하는
좋은 일이 생길 겁니다.

회사 울타리에 아름답게 핀 빨간 장미를 보며

내 인생의 노트 61

오늘은 어버이날

어머니 아버지
당신이 있어서
오늘 제가 여기에
있습니다.

가슴 깊이 사무치게
어버이 은혜
감사드립니다.

어머니 아버지
눈물이 나도록
보고 싶습니다.

아버지 어머니 사랑합니다.

내 인생의 노트 61

어머니 생각

어머니 어머니 나의 어머니

가까이 살다 보니
주말마다 어머니가 계시는 시골에 들른다.

이번 주말에는 산행 약속으로
시골어머니를 찾아뵙지 못했다.

서울 사는 둘째 가족이
시골 어머님 댁에 왔다 갔다.
11시쯤 동생에게 전화가 왔다.
엄마 몸이 안 좋으시다고
마음 걱정이 앞선다.
오후부터 전화만 계속 드린다.
자식 걱정할까 봐 어머니는 한사코
괜찮으시다고 하신다.

아침 일찍 전화기가 울린다.

어머니다.

"큰 아야 자고 일어나니 괜찮다."

왠지 가슴이 여미고 눈물이 앞을 가린다.

오늘은 부부의 날

아침에 눈을 뜨면 마주 보는 당신
항상 내 곁을 지켜주는 당신
아침밥을 먹을 때면 따듯하게
미소 짓는 당신
얼굴만 마주해도 사랑스런 당신

저녁 잠자리에도
무거운 어깨를 토닥여 주는 당신
친구처럼 연인처럼
항상 나를 믿어주는 당신
고맙고 미안하고 사랑합니다.

웃고 즐기며 사랑하며
살기에도 짧은 우리네 인생사
서로 아끼며 존중하고 배려하며
알콩 달콩 살아요
오늘은 부부의 날이라

더더욱 사랑이란 말이
가슴에 와닿습니다.

파란 하늘

구름과 구름 사이

파란 하늘에

무엇을 그려 넣을까

나의 마음속 하트를 담아서

가족과 친구에게 보내고 싶다.

산과 산 사이 파란 하늘에

무엇을 그려 넣을까

나의 마음속 소원을 그려 넣어

가족과 친구에게 보내고 싶다.

그리고 저 파란 하늘에는

무엇을 그려 넣을까

너에 대한 그리움을 새겨 넣어

설렘과 호기심으로 채우고 싶다.

중년의 가슴속에도 비가 내린다

하늘에서 비가 내린다.
땅 위에 곱곱이 스며든다.

60년을 넘게 살아오면서
최고는 아니어도
열심히 살아왔다.
손가락질은 안 받고 살아왔다.

존경은 못 받아도
욕은 안 듣고 살아왔다.

밤하늘에 반짝이는
스타는 아니어도
누군가에게는 아름다운
작은 별처럼 살아왔다.

중년의 가슴에도 이제는
세월의 비가 내린다.
잘 스며들게 하여 내면의 힘을 키우고 싶다.

세상에서 가장 아름다운 어머니 손

나의 어머니는
평생을 시골에 사시면서
농사일도 하시고
텃밭을 가꾸고 계신다.

저녁밥을 같이 먹으면서
어머니의 손을 보니
거칠고 주름도 많다.

이렇게 거칠고 주름 많은
나의 어머니 손은
그 무엇보다도
세상에서 가장 아름다운
바로 그 손입니다.

말이 운명을 바꾼다

힘들다 힘들다 말하면
더 힘들어집니다.

안 된다 안 된다 말하면
될 일도 안 됩니다.

어렵다 어렵다 말하면
더 어려워집니다.

죽겠다 죽겠다 말하면
고통스러운 일만 생겨납니다.

잘된다 잘된다 말하면
안 될 일도 잘됩니다.

행복하다 행복하다 말하면
행복한 일이 찾아옵니다.

혼잣말을 하지만 운명의 귀는
내 말을 듣고 있습니다.

당신은 지금 무슨 말을
입에 달고 계시나요.

힘들고 안 좋은 일이 있더라도
긍정적인 말만 하고 살자.

"옮긴 글": 말의 온도 강의 자료에서

어머니의 사랑

퇴근길 비가 주륵주륵 내린다.
퇴근길에는 항상 시골에 계신
어머니께 전화를 드린다.

오늘은 세미나 참석 후
조금 일찍 퇴근을 해서
전화를 못 드렸는데

저녁 무렵 전화 벨이 울린다.
어머니로부터 온 전화다.
큰 아야 집이가?
비가 오는데
퇴근은 잘했나 걱정스런 목소리다.

아 어머니는 자식걱정에
전화를 한 것이다.
우리 어머니의 마음은 항상
자식걱정뿐이다.

2장

그리움이
한 송이
꽃이 되었네

일 년 의 절 반

어느덧 6월 말

시간은 참 빠르게 흘러간다.

벌써 일 년의 절반이

훌쩍 지나고 있다.

코로나 여파로

자유롭지 못한 일상이었기에

제대로 하나 이루어진 게 없다.

이제 코로나 1차

예방접종도 하고 했으니

서서히 일상으로 돌아갈 날이

기다려진다.

남은 일 년의 절반

소중한 시간인 만큼

알차게 보내자.

나는 행복하게 잘 살고 있는 것일까

나는 행복하게

잘 살고 있는 것일까.

매일 아침 눈을 뜨면

다람쥐 쳇바퀴 돌듯

똑같은 하루 일상인데

그래도 하루에 한 시간

즐기는 색소폰과 함께하는 취미 생활

하루에 한 시간 책 읽기

하루에 한 시간 운동하기

주말이면 가족을 위해 요리도 하고

가족과 함께 시간 보내기

짬짬이 시골 농사일

너무 정신없이 살고 있네.

아직도 불행하다고 생각하진 않은 걸 보니

나는 행복하게 살고 있나 보다.

나를 아껴주고 나를 사랑하자.

칠월 중순의 여름

장마의 끝자락에
날씨가 너무 덥다.
코로나 여파로 보고 싶은 사람
그리운 사람 만나지도 못하고
긴 시간의 터널은 점점 깊어만 간다.

어느덧 인생 후반전
사는 게 무의미하게 느껴질까 두렵다.
기나긴 여름 뜨거운 햇살에
오곡백과가 여물어 가고
가을의 기다림을 설레게 한다.
자연도 순리대로 제 역할을 하듯이
이 어려운 시기 또한 지나간다.
알차게 알차게 하루를 살아가자.

헤벌레 웃자

누군가가
말했다.

요즘 할 일이 없다고
할 일이 없으면
그냥 웃자.

웃는 것도
일이다.
돈벌레
일벌레보다
그냥 헤벌레 웃자.

내가 웃는 만큼
행복해진다.

좋아질 때

음악이 좋아질 땐

누군가가 그리운 것이고

바다가 좋아질 땐

누군가를 사랑하는 것이고

밤하늘 별이 좋아질 땐

외로운 것이고

하늘이 좋아질 땐

꿈을 꾸는 것이고

꽃이 좋아질 땐

마음이 허전한 것이고

엄마가 좋아질 땐

힘이 드는 것이고

내 인생의 노트 61

친구가 좋아질 땐
대화 상대가 필요한 것이고

창밖에 비가 좋아질 땐
누군가를 기다리는 것이고

먼 여행을 하고 싶을 땐
마음이 허전한 것이고

아침이 좋아질 땐
행복한 것이랍니다.

세월의 시간표

파란 하늘이 청명하고
신록이 우거진 산 위에
하얗게 떠 있는 뭉게구름은
폭염 속에 곧 찾아올 가을을
예고합니다.

뜨거운 태양 아래 들판에
녹색 나락이 노랗게 익어갈 즈음이면
밤낮으로 울어대던 매미와 풀벌레
소리도 가을 정취 속으로 멀어져 가겠지요.

아침 저녁으로 시원한 바람이
불어올 때면 우리 인생도
시간표처럼 세월의 시간도
점점 빠르게 가속도가 붙어 갑니다.

우리 마을 앞 꽃길

우리 마을 어르신들은
꽃을 좋아하십니다.

여름이면 마을 앞길을 걸어서
정자나무 그늘 아래
쉬러 가십니다.

가는 길가에는 들꽃과 철쭉꽃이
아름답게 피어 있습니다.

어르신들 걸음 걸음 힘드실까 봐
길가의 꽃들이 친구가 되어주는
참 아름다운 꽃길입니다.

내 인생의 브레이크

퇴근길에 차가 많이 밀린다.
바쁠 게 없다 보니
양보차선인 2차선에
차를 정차해 두었다.
그런데 갑자기 뒤에서
꽝 하는 소리가 났다.
아이쿠야 잠시 띵하다.
순간 뒤에서 트럭이
심하게 박은 것 같다.
보험사에 연락하고 차를
안전지대로 이동 후 기다렸다.
목도 아프고 다리도 후들거린다.
보험사 직원이 도착해서 상세히 설명해준다.
하도 바쁘게 힘들게 하루를 살다 보니
주말에 모든 일 접어 놓고
"좀 쉬어" 라는 뜻인가 보다.
토요일 검사 받고 입원했다.
내 인생에도 잠시 브레이크가 필요하다.

볼매 들매

볼수록 매력 있는 것은
당신의 웃는 얼굴
들을수록 매력 있는 것은
당신의 아름다운 목소리

볼수록 매력 있는 것은
당신의 눈웃음
들을수록 매력 있는 것은
당신의 웃음소리

볼수록 매력 있는 것은
당신의 아름다운 미소
들을수록 매력 있는 것은
당신의 칭찬 소리입니다.

홈
술

코로나 팬데믹이 계속되면서

홈 술 혼 술이 대세가 되었다.

나 역시 홈 술을 즐겨 하는 편이다.

일주일에 한두 번씩 가족들과

이야기꽃을 피우며

서로가 소통하고 공감하고

다독이는 시간이다.

나의 소중한 가족들과

안주를 곁들이며

와인이나 맥주를 즐긴다.

홈 술을 하니 비용도 줄어들고

아름다운 추억도 쌓고 하니

정말 좋다.

가을이 오는 소리

시골의 조용한 여름 밤
풀벌레소리가
귓가를 울린다.

가만히 들어보니
가을의 전령사
귀뚜라미 소리이다.
귀뚜라미 소리가
구슬프게 들리는 것을 보니
가을이 우리 곁에
성큼 다가오나 보다.

풀벌레 소리를
자장가 삼아
눈을 감으니
시골 밤이
점점 깊어만 간다.

두 두 두 두 빗방울 소리

창밖에는 두 두 두 두
큰 빗방울 소리가
창문을 세차게
때린다.

떨어지는
빗방울 소리가
싫지 않은 걸 보니

오늘은 내 안에
여유가 있나 보다.

구월의 첫날

팔월의 뜨거운 태양 아래서
오랜 기다림 끝에
가을의 문턱인
구월이 나에게 왔다.

구월의 첫날 내리는
가을비 소리에
풍성한 가을과
그리운 사람들이
기다려진다.

오늘은 자꾸만
전화기에
눈이 간다.

가을비

여름날 뜨거운 태양 아래
무럭무럭 자란 오곡백과 위로
가을비가 촉촉이 내린다.

가을 추수를 기다리는
농부들의 마음을 아는 건지

여름이 가기 싫어
흘리는 눈물처럼
가을비가 내린다.

이 비가 그치면
황금들녘에 참새가 지저귀고
시골집 굴뚝에는 구수한
전어 굽는 냄새가
내 마음속을 설레게 하겠지.

그리움이 한 송이 꽃이 되었네

무덥고 긴 여름이 지나가고
아침 저녁으로 제법
시원한 바람이 분다.

마음속에는 고향에 홀로 계시는
어머니 걱정이 앞선다.
저녁 퇴근 시간에는
꼬박꼬박 안부 전화를 드리지만

기력이 계속 약해지는 어머니
자식이 객지에 떨어져 살다 보니
항상 마음속에는 어머니에 대한 그리움이 앞선다.

오늘은 마음속에 그리움이라는 한 송이 꽃을 피워
어머님께 전해 드리고 싶다.

가을을 알리는 시월이 왔다

시간은 빠르게 흘러 흘러

가을빛 짙게 물들어 오는

시월의 첫날

엊그제만 해도 그렇게 뜨거웠던

태양이 힘을 잃고

가을밤 이슬 촉촉이 머금은

달빛이 우리 곁을 내려다본다.

구슬픈 귀뚜라미 울음소리처럼

쓸쓸히 세월만 흘러가는데

내 마음도 파란 하늘 위

뜬구름처럼 흘러가네.

익어가는 황금들판 노오랗게 물들어가고

가로수길 가을 낙엽 빠알갛게 물들어가고

내 삶의 메모장인 내 가슴에도

가을 향기로 물들어가고

친구들아 우리 춤추며 걷고 싶은 가로수 길도

낙엽으로 물들어가고

이 아름다움을 시작하는 시월

가을의 충만함으로 가득 채우고 싶다.

빨간 맨드라미 꽃

아 가을

온 세상이 꽃으로 물든다.

꽃을 보는 이의 마음도 물들어가고

세상도 맑고 아름다워진다.

계절마다 피는

꽃 종류도 많지만

가을에 아름답게 피는

빨간 맨드라미 꽃은

완숙한 사랑의 느낌을 준다.

따스한 가을 햇살 아래

빨갛게 익어가는 가을 맨드라미

이 가을의 그리움도

빨갛게 물들어 간다.

이 아름다운 가을날에

저 산 너머 파아란 가을 하늘에
뭉게구름과
가을 바람이 친구가 되어
아름다운 우정의 그림을 그린다.

들녘에는 오곡이 노오랗게 익어가는
낭만의 계절 사랑의 계절

길가의 카페에는 가수 최백호의
익숙한 노래 낭만에 대하여가
흥겹게 흘러 나오고
이 좋은 가을 날
오늘은 저녁 노을보다 아름다운
기억에 남는 아름다운
추억 하나 남기고 싶다.

이 아름다운 가을날에

손주와의 기차여행

올해 버킷 리스트 중 하나

손주와의 기차여행

드디어 실행에 옮기게 되었다.

목적지는 삼랑진 트윈터널

아침부터 가을비가 촉촉이 내려

날씨는 도움이 되지 않았다.

25년 만에 다시 타보는 무궁화호 열차

설레임 가득 싣고 창원에서 삼랑진으로

삼랑진역 하차 후 배고픔을 달래기 위해

역 앞 국밥집에서 국밥과 만두로 점심 해결

택시를 타고 트윈 터널로

택시 기사분과 손주이야기 나누면서 어느덧 도착

트윈터널 입장 생각보다 사람이 너무 많았다.

터널 내부에는 다양한 장르로 꾸며 놓았다.

눈이 휘둥그레졌다.

추억용 사진도 많이 찍고 알찬 구경도 하고

다시 창원으로 고고

내 인생의 노트 61

돌아오는 길 기차 창문 넘어 황금 들녘이
스치며 지나간다.
창원역 도착
오늘은 손주와 잊지 못할 추억을 만든
시월의 멋진 어느 날이다.

시월의 어느 멋진 날에

가을 하늘 청명한
시월의 어느 멋진 날

가을비 촉촉이 내리는
시월의 어느 멋진 날

국화 향 그윽한
시월의 어느 멋진 날

가을 단풍 곱게 물든
시월의 어느 멋진 날

내 안에 가을 향기가 있고
그대 안에 멋진 시월이 있다.

시월에 어느 멋진 가을날
누군가가 그리워진다.

주말 산행

한 달에 한 번

매달 셋째 주 일요일

우정 공동체인

동호회 회원들과

주말 산행을 한다.

산행 때는 가끔

힘들고 하지만

산 정상에서 내려다보면

온 세상이 내 발아래

작고 초라함도 없어진다.

맑은 공기 마시며

푸른 하늘 쳐다보고

눈 앞에 펼쳐진 이 모든

아름다운 것들

한 달의 피로가 절로 녹는다.

오늘은 불타오르는 단풍처럼

내 마음도 태우고 싶다.

시월 중순

시월도 어느덧

딱 한가운데 중순이다.

점점 깊어져 가는 가을

눈부신 푸른 하늘

백옥 같은 하얀 뭉게구름

은구슬처럼 반짝이는 가을 바다

황금처럼 물들은 가을 들녘

울긋불긋 물들어가는 가을 산

오늘은 시월의 멋진 중순이다.

시골의 가을밤

저녁 여섯 시
벌써 땅거미가 지고
적막한 어둠이 깔려온다.

풀벌레 울음 소리가
자장가처럼 들리고
아직 초저녁인데
시골집 집집마다
불은 꺼지고
시골의 가을밤은
깊어만 가고
흙과 벗 삼아 보낸
나의 하루도
눈가에는 졸음이 밀려오고
벌레 소리 자장가 삼아
잠을 청하여 본다.
깊어가는 이 가을밤에

달팽이 모자

가을 아침 이슬 머금은

상추 잎 위로

엄마 달팽이가 앞장서고

아기 달팽이가 뒤따라서

느릿느릿 기어간다.

아침 일찍 무엇이

그리도 궁금한지

더듬이를 쫑긋 세우고

기어가는 달팽이 모자가

매일 아침을 바쁘게 시작하는

나에게 느림의 미학을 일깨워준다.

아름다운 가을 하늘

아침 먼동이 트기 전
산 위에 구름이
아침 공기 마시며
머무른다.

아침 햇살이
뒤에서 비쳐주니
웅장함이 장관이다.
본인의 자태를 힘껏 뽐낸다.

보이시는가.
저 가을 하늘 위에
두둥실 떠가는 한 조각 구름들이
그저 바람 부는 대로 흘러가지만
그 얼마나 여유롭고
아름다운 광경인가.

친구와의 골프

골프란 운동은
항상 아쉬워하는 운동이다.
찬물 더운물
왔다 갔다 하며
잘 치고 나면
더 잘 칠 수 있었는데
하며 아쉬워하고
못 치면 못 치는 대로
아쉬움이 남는 운동이다.
군대 갔다 온 이야기 하면
끝이 없는 것처럼
골프도 그런 운동이다.

친구와 가을 골프 후

나를 행복하게 하는 습관

이른 아침 남보다 일찍
연습실에서 색소폰과
함께하는 시간

낮 시간에 틈틈이
내 마음에 숲을 가꾸는
책과 함께하는 시간

저녁 시간에
몸 관리를 위하여
운동하는 시간

잠자기 전 머리를 맑게 하는
명상의 시간

주말에 가족을 위하여
맛있는 요리를 하는 시간
이 모든 것이 나를 행복하게 한다.
좋은 습관이 운명을 바꾼다.

내 인생의 노트 61

생각하는 것이
말이 되어 나오고

말하는 것이
행동이 되고

행동하는 것이
습관이 되고

좋은 습관은
성격이 되고

성격은 운명이 되고
삶은 행복해진다.

그래서 나는 하루 원원원을 실천한다.
한 시간 색소폰연습
한 시간 책 읽기
한 시간 운동하기

Making excellence a habit

세상 어렵고 힘들게 살지 말자.

인생에서 가장 재미나고
소중한 것은 무엇일까.

지금 이 순간
지금 하고 있는 일
지금 내 곁에 있는 사람에게
최선을 다하자.

내가 하고 싶은 일
내가 좋아하는 일
하고 살면 최고인데
마음대로 되지 않는다.
세상에 화내서 해결될 일
하나도 없다.

마음 비우면서

나만의 삶을 살자.

3장

가을
구절초
꽃길

낙동강가의 가을

낙동강 강가의 갈대가
가을 바람에 흔들리며
사각사각 노래를 부른다.

낙동강 뚝 언덕에 억새가
가을 바람에 흩날리며
서걱서걱 노래를 부른다.

낙동강 물 위에 철새는
겨울 나기를 준비하며
뽀작뽀작 노래를 부른다.

시월 중순 낙동강가의
바람이 매섭고 을씨년스럽다.

겨울 마중

길가에 무성했던
가로수 낙엽이
한 잎 두 잎
떨어지는 걸 보니
나무도 겨울 마중을
가나 봅니다.

나무는 나뭇잎을
하나둘씩 버리면서
겨울 준비를 합니다.

그래야 긴긴
겨울을 보내고
내년 봄에
새잎을 피웁니다.

나 마음속에도 묽은 것 하나둘씩 버리고
내년 봄 다시 충만함을 가득 채우겠습니다.

함께하는 하루

함께라는 말은 참 다정하고
소중한 말입니다.
누군가와 함께하는 하루는
행복해집니다.

인생을 즐기는
가장 좋은 방법은
함께 어울리는 것입니다.

서로 양보하고 한 발자국
다가가서 조화로움으로
함께하는 소중한
하루가 되길 기원합니다.

가을 구절초 꽃길

가을 들녘에
구구절절 아름답게
피어있는 구절초 꽃
언제 보아도 가을 정취를
물씬 풍긴다.

순수하고
아름다운 모습이
우리들 어머님 품처럼
따스하고 향기롭다.

호기심

나 어릴 적에는

뭐가 그렇게도

궁금했는지

동심에 호기심까지 넘쳐났다.

나이가 들어감에 따라

새롭고 신기한 것도

좋아하는 것도 모르는 것도

알고 싶은 것도 서서히 흥미를 잃었다.

내 나이 육십을 넘기고 보니

죽을 때까지 놓치지 말아야 할 것은

호기심뿐이다.

호기심과 간절함으로

채우지 않으면

건강도 용기도

다 잃기 때문이다.

지금부터라도 궁금한 것

하고 싶은 것 배우고 싶은 것

열심히 해서 내 것으로 만들자.

누구에게 물어볼까

우리는 세상을 살면서
하루에 오만 가지
걱정과 고민을 하고 산다.

나이가 들면 들수록
늘어나는 것이 걱정이다.
오죽하면 걱정이 태산이라고 할까.

그중 사만 구천구백구십 가지는
일어나지도 않고 안 해도 될 걱정이다.
그나마 그중 열 가지도 마찬가지일진대

하지만 진짜 걱정이 생기면
누구에게 물어볼까.

거울을 보고 마주보고 있는
사람에게 물어보라.
바로 그 사람이 책임질 사람이다.

회
갑

이 아름다운 가을

어느덧 육십 갑자를 한 바퀴 돌아 제자리로 왔다.

옛날 같으면 친지 지인들을 초청해

잔치를 벌이고 즐거움을 나누었을 텐데

시대도 바뀌고 코로나 여파도 있고 하여

식구들과 조촐한 저녁식사와

축하 자리를 마련하였다.

항상 고맙고 감사하는 마음뿐이다.

가족들은 젊음을 유지하라고

금 한 냥 팔찌와 돈 목걸이를 주었다.

자식의 건강을 기원하며 보약값을 챙겨주시는

훌륭한 울 엄마와 장모님도 고맙기 그지없다.

동생들도 축하한다고 행운의 금 한 냥

장수를 상징하는 거북이를 선물로 보내왔다.

고맙기 그지없다.

집사람은 서운한 모양이다.

결혼해서 자식 낳고 알콩 달콩

서로의 인생을 걸고 34년을 함께 같이한 세월

항상 든든한 나의 응원군이다.

남은 여생 서로 아끼고 사랑하며

알콩 달콩 즐겁게 살아요.

꼭
꼭
꼭

코로나 여파가 아직 가시질 않았다.

거리는 꼭 띄우자.

손은 꼭 씻자.

마스크는 꼭 쓰자.

문은 꼭 열어 환기시키자.

피곤하면 꼭 쉬자.

그래야 코로나에 안 걸린다.

코로나 3차 유행을 보고 놀란 가슴에

내 인생의 노트 61

가을 옷

우리 집 아파트 단지 안에
단풍나무가 알록달록 예쁘게
가을 옷으로 갈아입었습니다.
매일 지나다니는 곳이지만
무심코 지나쳤던 곳
곱게 가을 옷으로 갈아입은
단풍나무를 너무 예뻐서
다시 쳐다봅니다.

우리 집 아파트 창문 앞
단풍나무도 빨강 노랑이 섞여서
예쁘게 가을 옷으로 갈아입었습니다.
매일 창문 너머로 보는 곳이지만
햇살 가득 단풍 가득 더욱 불타는
가을을 느끼게 합니다.

요란한 가을비

아침부터 가을비치고는 요란스럽게
지붕 위를 두드린다.

농부들이 가을걷이를 끝낸
횡한 들판에도 을씨년스럽게 내린다.

빨갛게 노랗게 물든 가을 산 단풍에도
가을비가 촉촉이 내린다.

길가에 떨어진 낙엽 카펫 위에도
가을비가 요란하게 내린다.

이제 가을이 떠난다고
여기저기 인사를 하려 다니나 보다.

가을비 소리에 놀란 내 마음이
벌써 겨울을 준비하라고 야단이다.

나이 듦의 기술

나이라는 숫자에
위축되지 말자.

나이라는 숫자를
내세우지 말자.

나이를 기준으로
할 것 못 할 것 구분 말자.

나이 들어 실수하는 것
뭐라고 하지 말자.

나이 드는 것을 감사하며
지겨워하지 말자.

나이 들어 외로우면 누군가와 나누고
혼자 외로워하지 말자.

나이 들어 다른 사람과
비교하지 말자.

나이 드는 것을
즐기면서 살자.

소중한 나와 너

소중한 나 소중한 너
소통 배려 공감
사랑이 먼저다.

젊어서 사랑은
자신의 행복을
원하는 것이고

황혼의 사랑은
상대가 행복해지기를
바라는 것이다.

자알 익어가는
노년을 위하여

젊
사
황
사

젊어서
사랑은
자신의
행복을
원하는
것이고

황혼의
사랑은
상대가
행복해
지기를
바라는
것이다

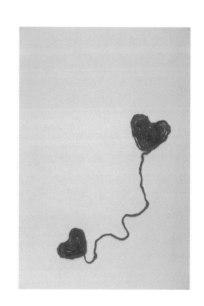

결혼식 축하 색소폰 연주

10월의 마지막 주말

지인의 자녀 결혼식 날

축하연주를 같이 하자는 부탁이 왔다.

그간 코로나 여파에 따른

방역 수칙 준수로

제한되었던 것들이

단계적 일상회복으로

가능해졌기 때문이다.

축하곡은 10월의 멋진 신랑 신부를 위하여

'10월의 어느 멋진 날'과

'10분 내로' 두 곡을 선정했다.

부지런히 연습한 덕분에

축하객들의 박수 갈채 속에

멋지게 연주를 마칠 수 있었다.

색소폰 연주를 통해 축하와 공감을 하는

10월의 멋진 결혼식이었다.

신랑 신부의 양궁 텐 텐 텐 을 기원하며

내 인생의 노트 61

아버지가 서야 될 자리

가을은 축복의 계절이자
결혼 시즌이다.
10월의 마지막 주말
절친 자녀 결혼식에 참석했다.

결혼식은 새출발하는 신랑 신부에게는
가장 축복받아야 할 자리이다.

친구가 오랜 병석으로 누워 있기에
마땅히 축복받아야 할 자리인데
친구는 서지 못했다.
마음 한구석에 아쉬움이 넘친다.

자녀가 성장하면서 아버지가
서 있어야 될 자리는 꼭 지켜야 한다.

가을 단풍

아침 이슬 살포시 머금은

가을 단풍잎

잠에서 깨어나니

따스한 가을 햇살이

온통 알록달록 물들인

단풍잎을 아름답게 비추니

은빛 옷으로 갈아입는다.

가을 바람이 산들산들

단풍잎을 간지리니

가을 단풍도 웃음을 참지 못하고

흔들거리며 웃는다.

대지를 따스하니 비추던 해님이

서산언덕 넘어가니

가을 단풍도 길 위에서

잠자리에 든다.

뺑세이에 대한 추억

내가 살던 시골 마을 아래 길모퉁이에는
범장골이라는 지명이 있다.
범장골 모퉁이를 돌아가면
바로 초등학교가 보인다.
옛날 범과 장사가 이곳에서 싸워서
범이 이겼다고 하여
범장골이라는 지명이 붙여졌다고 한다.
이곳 범장골은 내가 초등학교 다닐 때
잊지 못할 추억이 숨어 있는 곳이다.
범장골 언덕 양지바른 곳에는
기다란 방공호가 파져 있다.
초등학교 다니던 시절 학교 가기 싫으면
이곳 방공호에서 뺑세이를 쳤다.
친구들과 놀다가 배고프면 당번을 정해서
고구마 감자 밀 서리를 하여 허기를 채웠다.
가끔 이 길을 지나칠 때면 옛날 철없던 시절
추억의 웃음이 절로 나온다.

주말 일상

대부분의 주말에는
시골에서 농사일을 한다.

농사일에는 출퇴근
시간이 없어서 좋다.
자연의 리듬에 맞추어
모든 일상들이
톱니바퀴같이 돌아간다.

해가 뜨면 일을 시작하고
해가 지면 일을 마치고
농사일은 끝이 없고 힘은 들지만
아무런 잡생각이 없다.
나는 그래서 농사일이 참 좋다.

11월의 첫날

코로나 팬데믹으로

정신없이 흘러간 2년의 세월

좋은 계절인 가을 11월의 첫날

반갑게 찾아온 단계적 일상 회복 소식

반갑기 그지없다.

코로나 일상은 모두에게

힘들고 지난한 시간이었다.

이제는 서서히 보고 싶었던

친구들도 만나고

해보고 싶은 취미생활

봉사 공연도 다니고

가보고 싶었던 여행도 떠나보고

단계적 일상회복을 통해서

그동안 참았던 일상 생활의

즐거움을 누려보자.

60 즈음에 써야 될 말 말 말

나이 들면서 말 많은
꼰대 소리 듣지 말자.
할 말은 억수로 많은데
골라서 하자.
막히는 말보다는 먹히는 말
도리도리보다는 *끄덕끄덕*

"죄 미 고 사"

죄송합니다.
미안합니다.
고맙습니다.
사랑합니다.

아직도 잘 몰라서 그럽니다.
선배님들 많이 가르쳐 주세요.

멋진 인생 후반전이란

나이 드는 것에 감사하며
흰 머리카락의 중후함과
얼굴의 주름을 경륜 삼아
나이로 상하 구별 말고
호기심 가득 동심도 가득
얼굴엔 미소도 가득
나이 들면 늘어가는
걱정거리 멀리하고
세상 모든 일을
낙천적으로 보고
사랑을 전파하며 살자.
이순신 장군님의 말처럼
신에게는 아직 행복할
충분한 시간이 남아 있습니다.

반성문

참 오랜만에 들어보는 말이다.
먼 옛날 학창 시절에 귀에 익은 말인데
많이도 듣고 많이도 쓰기도 했다.
반성문이라는 글 잊은 지 오래이지만
하루하루 살면서 잘못하고 있는 것
상처 주고 있는 행동 말은 없을까.
생각이나 잘못을 뉘우치고
반성과 자기성찰은 하고 있는 것일까.
자식에게 부부간에 동료에게 친구에게
지금부터라도 잘못했던 것
되짚어보고 아팠던 마음을 풀어주기 위해
더 잘해주고 노력하자.
한 번 더 짚어보고 또 짚어보고
반성하고 또 반성해서 자존감을 올리고
행복해지도록 노력하자.

화를 잘 다스려야

사람마다 생각을 표현하는
언어는 다르다.
사람마다 생각을 표현하는
온도도 다르다.
이를 잘 이해하고 흡수하는 것도
인간의 능력이다.
내 마음속에 준비해 두어야 할
넓은 저수지와
내 얼굴에 달아 놓아야 할
따뜻한 온도계
이것만 준비해두면
싸울 일도 없고
세상을 아름답게 한다.
성격은 얼굴에 나타나고
기분은 태도에서 나타나고
감정은 음성에서 나타난다.
천박하게 기분이 태도에서 나타나지 않도록
분노 조절 능력을 키우자.

사는 게 힘들 때면

미워하는 마음은

결국 나를

고독하게 만든다.

숨 쉬기조차 어렵고

답답할 때면

공원을 거닐거나

산에 오른다.

말이 없는 자연

마음을 알 수 없는 자연 속에서

소통하다 보면

내 마음에 생겼던

미움의 벽이 없어지고

자연의 아름다운 마음으로

가득 채워진다.

그런 사람

때로는 삶에 지쳐 힘들 때
내 삶의 무게를
받아주는 그런 사람
내 곁에 있었으면 좋겠네.

때로는 일이 힘들고 지쳐서
어디론가 훌쩍 떠나고 싶을 때
함께 같이 가주는 그런 사람
내 곁에 있었으면 좋겠네.

때로는 감당하기 힘든 일로
울고 싶을 때 내 어깨를
토닥여주는 그런 사람
내 곁에 있었으면 좋겠네.

포
기
란

살다 보면 죽도록
힘든 때도 있고
그냥 주저앉고
싶은 때도 있고
때로는
삶을 포기하고
싶은 때도 있다.
인생에서 포기란
말을 쓰지 말자.
이 세상에서
오직 하나뿐인 나
소중한 존재이다.

포기란 배추 셀 때나
쓰는 말이다.

내 인생의 노트 61

하즐 평즐

옛날 회식자리에서
우스갯소리로
소취하 당취평이라는
건배사를 자주 했다.
소주에 취하면
하루가 즐겁고
당신에게 취하면
평생이 즐겁다.
요즘에는 하즐 평즐로
바꾸어 쓴다.
하루가 즐거우면
평생이 즐겁다.

나를 사랑할 줄 아는 삶이란

현재를 만족하고 즐기는 삶

행복이라는 것을 느낄 줄 아는 삶

매일 새롭게 시작하는 삶

나 자신을 최고로 사랑하는 삶

표현할 줄 아는 삶

아름다운 말을 할 줄 아는 삶

나답게 사는 삶

좋은 관계를 유지하는 삶

건강한 삶

이것이 바로 나를 사랑하는 삶이다.

후회 없는 인생이란

누구나가 꿈꾸는 최고의 삶은
후회 없는 인생일 것이다.
하루에 하나씩 즐거운 일을 만들자.
하루하루가 행복해야 평생이 행복하다.
지긋지긋한 인생을 반복하지 말고
고마워했던 기억들이 많이 남아 있도록 하자.

세월이 흘러 흘러 추억이 된 내 인생의 노트를
한 장 한 장 넘길 때
좋은 추억이 새록새록 살아난다면
얼마나 멋진 인생일까.

인생 마지막에는 내가 가지고 떠날 것은 없다.
내가 남기고 가는 것에 후회가 되지 않는다면
얼마나 멋진 인생일까.

내 인생의 노트 61

세상 사는 것은 마음먹기에 달렸다.
다시 돌아오지 않을 소중하고 귀중한 시간을
충만하게 살자.

늦가을 산사의 아침 풍경

연화산 중턱에 자리 잡은
조그마한 절 적멸보궁
산사의 언덕에는 안개가
스믈스믈 피어오르고

노란잎 빨간 잎 곱게 차려입은
나무 위에 하늘은 구름을 품고
고요한 아침 산사의 정적을 깨는
스님의 목탁소리가 울린다.

절 마당에 떨어진 낙엽과
앙상한 나뭇가지가
늦가을을 맞은 만추를 느끼게 한다.

어머니의 자식사랑

매년 늦가을 시골 농사일이 끝나면

어머니께서 다섯 명의 자식에게

추수한 쌀 콩 고춧가루 등

한 해 동안 힘들게 농사지은

곡식들을 자루에 넣고

박스에 담아서 자식들에게

택배로 보낸다.

어머니의 마음 정성까지 담아서

받아 보면 따스한 어머니의 마음이 느껴진다.

어머니 감사합니다.

어머니의 그 사랑

보답하면서 살겠습니다.

늦은 가을 소풍

늦가을 낙동강 끝자락 둔치도에 자리 잡은

아늑한 무인카페 금빛노을

가족과 주말 힐링을 위하여 가을 소풍을 갔다.

늦가을 날씨치고는 날씨가 너무 좋다.

오랜만에 다시 찾은 카페인데

첫 손님이라 그런지 사장님께서 반갑게 맞아 준다.

카페 앞마당에는 화려함을 뽐내던

국화꽃도 빛이 바래서 힘을 잃어간다.

간식으로 강냉이 밥상도 먹고 식빵도 구워서 먹고

커피도 마시고 메밀차도 마시고 배가 부르다.

시간이 조금 지나니 가족 단위로

놀러온 사람들이 많이 보인다.

점심때는 준비해간 김밥 만두 컵라면도

맛있게 먹었다.

배가 불러서 귀에서 만두가 삐져나오려고 한다.

카페 마당에 마련된 무대에는 동호회 회원들의

새의 소리 오카리나 바람의 소리

팬플루트 음악 소리가
감미롭게 흘러나온다.
가족과의 늦은 가을 소풍 정말 행복했다.

낙엽 길

가을의 끝자락
이제 겨울 문턱으로
넘어가려는 가을
조금만이라도 더 가을의
정취를 느끼고 싶다.

주위를 둘러보니
삼정자 공원 곳곳에
낙엽이 예쁘게 떨어져서
알록달록한 자태로
길 위에 소복소복 쌓여 있다.
떠나 보내고 싶지 않은
가을 정취를 듬뿍 느끼면서
내 발끝이 닿는 곳과
낙엽의 아름다운 대화를 들으면서
사뿐사뿐 걸어간다.
나는 오늘 가을의 향기에 젖어 든다.

내 인생의 노트 61

버스킹

토요일 오후 실로 오랜만에
색사모 색소폰을 사랑하는 모임
회원들이 한자리에 모였다.
장소는 늦가을 햇살이 따사로이 내리쬐는
삼정자 공원 놀이터 앞

가을 햇살 아래 아름다움과 낭만을 더하는
색소폰 선율의 향연이
공원에 울려 퍼지고
산책 나온 가족단위의 사람들이
발걸음을 멈추고 손뼉도 치고
박수갈채도 보낸다.

오늘은 음악으로 주위 분들과
소통하고 공감하고
즐기는 하루였다.

4장

어머니의
동지 팥죽

기나긴 겨울의 시작

아침 출근길 대문을 나서니
손이 제법 시리다.
아침 출근길 라디오 방송은
중부지방 첫눈 소식을 알린다.

지난 주말 시골일 마무리를 해서
마음이 놓인다.

겨울은 11월에 시작해서
내년 이월 말까지 긴 시간이다.

다음주에는 배추 뽑아서
월동 준비 김장을 해야겠다.

아름다운 거울이 된 시골 저수지

아침 햇살이 따사로이 내리쬐는
시골 마을 저수지 위에
바람도 아직 잠을 자고 있는지
저수지 위에 물결도 잔잔하고

심술궂은 얼음 친구도
아직 찾아오지 않은 초겨울
잔잔한 저수지가 거울이 되어
앞산 뒷산에 아름다운 모습이
자기 자랑을 하고 있다.

이 아름다운 풍경에 내 눈이
저절로 빨려들어갈 때
시골저수지 물 위 풍경을
내 마음속 빈 공간에
저장 버튼을 살짝이 눌러 본다.

세상에서 제일 공평한 것

세상에 제일 공평한 것 중에 하나이다.

부자든 가난하든

잘생겼든 못생겼든

남자든 여자든

어린이든 어른이든

해가 바뀌면

택시미터기 숫자 올라가듯

나이를 한 살 더 먹는다.

살면서 나이 듦을 안타까워하고

서글퍼하지 말자.

나이 드는 것에 감사하고

나이 듦이 큰 축복이라 생각하자.

궁금한 것 있으면 물어보고

하고 싶은 것 있으면

배워서 내 것으로 만들어서

인생 충만하게 살자.

나눔과 행복병원 개원 10주년

내가 소속된 러브뮤직 봉사 단체에서
매월 한 차례씩 방문하여 환우들의
빠른 쾌유를 빌며 봉사하는 곳이다.
노래와 색소폰 아코디언 트럼펫 연주로
환우들과 웃고 즐기고
춤추며 시간을 보낸다.
최근에는 코로나여파로 1년 반 정도
봉사활동이 중단되었지만
마음으로는 잊지 않고 있다.
올해 10월 30일자로 개원 10주년을 맞이한
해운대 나눔과 행복병원
우리 러브뮤직과 아름다운 동행으로
계속 함께하기를 염원하며
개원10주년을 진심으로 축하드리며
더 큰 나눔과 행복 병원으로
성장과 발전을 거듭하기를 기원합니다.

아름다운 동행

인생을 즐기는 가장 좋은 방법은

함께 어울리며 즐겁게

같은 방향으로 가는 것이다.

나이가 들수록 더더욱

우정 공동체를 만들어 함께 갈 수 있다면

즐거움도 두 배가 될 것이다.

부부간에도 서로 존중하며

함께 아름답게 늙어 가는 길은

최고의 행복이다.

서로가 양보하며

한 발자국 다가가 스킨십 자주 하고

조화로움과 사랑이라는

양념으로 함께 깨우치고

실천하고 또 실천하자.

돈에 대한 생각

어느덧 인생 중반을
넘어서고 보니 돈은
기본 중에 기본인 것 같다.
사람을 평가할 때도
그 사람의 재력을 보고 인격을 평가한다.
돈과 관련된 경제력은 삶보다 위에 있고
우리 인생 후반전의 발판이자 존엄성을
나타내는 하나의 상징이 되었다.
경제력이 있어야 부모로서 대우받고
친구들도 잃지 않는다.
방책 중의 방책이다.
또한 돈은 다리미와 같은 존재이다.
이마에 있는 주름살이 쫙 펴지니까.
되돌아보니 지금까지 뭘 했는지
가진 게 별로 없다.
돈에 욕망이 없어서 그런가 보다.
늦었지만 돈의 노예보다 주인으로 살자.

내 인생의 노트 61

조카의 수능

해마다 어김없이 11월 중순이면
수능 날이 돌아온다.
더군다나 올해는 코로나 여파로
수능 준비생에게는
어느 해보다 어렵고 힘든
준비 과정이었을 것이다.
올해 조카가 수능 시험을 치른다.
서울 S대가 목표라고 한다.
어릴 때부터 영리하고 똑똑해서
좋은 결과가 나올 것이다.
수능 잘 치르고 좋은 결과로
원하는 대학에 가기를
간절히 바라는 마음뿐이다.

내 인생의 노트 61

그 약속 지켜 주어서 고마워

벌써 3년 전의 일이다.

고등학생이 되는

서울 사는 조카가 시골에 와서

"큰아빠 제가 3년 후에

서울대 합격하여 시골 마을회관 앞에

할아버지 할머니 이름으로

현수막 하나 걸겠습니다" 라고 약속했는데

어느덧 3년이란 세월이 흘러

이번 대학 입시에서

서울대에 수시 합격하였다는

소식을 전해왔다.

코로나 여파로 공부한다고 힘든 시간을 보냈을 텐데

열심히 공부해서 좋은 결과로 보답하니

고맙기 그지없다.

우리 민 그 약속 지켜 주어서 고마워.

현수막은 큰아빠가 준비해서 걸게.

색소폰 사랑

나는 요즘 색소폰에 푹 빠져 있다.
그나마 늦은 나이에 시작한
색소폰 취미 생활이라
열심히 연습한다.

시작 배경은 이렇다.
내가 90년대 초에 독일 파견 나가 있을 때
유럽사람들의 생활 문화를 보고
느낀 점 중에 하나다.
여유와 즐기는 것의 중심에는
항상 악기가 있었다.

이제는 완전한 내 취미 생활이 되었고
인생의 맛을 느낀다.
색소폰에는 나의 인생이 담겨있고
색소폰 연주에는 인생의 여유가 흘러나온다.

거짓말

대통령 선거철이 다가온다.

요즘 TV에서는 여야 정치를 대표하는

꼴 보기조차 싫은 얼굴들이 연일 모습을 나타낸다.

그래서 나는 TV를 보지 않는다.

관심도 별로 없다.

기억이 없다 나하고는 무관하다.

후보들이 상대방에게 토해내는 저급한 인신공격

온통 거짓말투성이다.

말과 행동이 너무 다르고

사회적 지위와 권력 명예는 물론

돈까지 거머쥐려는 탐욕적인 인간뿐이다.

정치인은 진실을 덮기 위해서 거짓말을 사용한다.

나처럼 예술을 하는 사람들은

진실을 표현하기 위해 거짓을 사용한다.

세상에서 가장 중요한 것은 니 편 내 편 없이

누구나 공감하는 진실을 전하는 마음이다.

나는 꼭 국민에게 진실로써 희망과 안정과

웃음을 주고 상대방을 적으로 보지 않고
법을 잘 지키는 후보를 선택할 것이다.
거짓말을 밥 먹듯이 하는 정치인에게
건네고 싶은 한마디가 있다.
"당신이 당선되면 나라가 망하니까
그냥 떨어져서 당신 집안만 망하라고"

살다 보면

살다 보면

힘들 때도 있고

편안할 때도 있고

울고 싶을 때도 있고

웃고 싶을 때도 있고

궁핍할 때도 있고

넉넉할 때도 있고

쉬고 싶을 때도 있고

그래도 지나고 나면

그때가 좋았노라고

살면서 가장 행복할 때는

나를 사랑할 때이다.

남은 인생도 나를 사랑하며

하루하루를 보내자.

소소한 것이 모이면 인생이 달라진다

소소한 웃음과 웃음이 쌓이면
인생이 달라진다.

소소한 사랑과 사랑이 쌓이면
인생이 달라진다.

소소한 만족과 만족이 쌓이면
인생이 달라진다.

소소한 행복과 행복이 쌓이면
인생이 달라진다.

소소한 성공과 성공이 쌓이면
인생이 달라진다.

요리하는 남자

가끔 주말이면 가족을 위하여
맛있는 요리를 만든다.
손주가 집에 오는 날이면
당연히 좋아하는 계란찜을 만든다.
손주가 엄지를 치켜들고 굿잡 할 때면
나의 입가에는 미소가 절로 번진다.

오늘은 집사람이 굴국밥 요리를 주문한다.
아침 저녁으로 찬바람이 부는 계절
즐겨 먹는 요리이다.
시골에서 농사지어 가져온 무와 콩나물에
싱싱한 굴을 넣고 파를 썰어 넣고 마지막으로
새우젓으로 간을 맞추면 굴국밥 완성
내가 먹어도 맛있다.
다음 주말에는 작은딸로부터
시원한 김치 국밥을 주문받았다.
요리는 배워서 하는 게 아니라 배우면서 하다 보니

재미도 있고 실력도 느는 것 같다.

요리하는 나의 즐거움 함께 먹는 가족의 즐거움이

너무나 행복하다.

노년의 남자들에게 요리를 권하고 싶다.

어머니의 노래와 아들의 색소폰 연주

토요일 아침

어머니와 아침 식사를 마친 후

시골집 거실에 노래방을 준비한다.

평소 어머니께서 노래 부르는 것을

너무도 좋아하셔서

즐겨 부르시는 노래 이십여 곡을

반주기에 미리 준비한다.

노래 곡목은 추풍령, 아씨 등

흘러간 옛 노래와

고장 난 벽시계, 내 나이가 어때서 등

트로트 노래이다.

옛날 시골 마을 추석 명절날 콩쿠르 대회에서

뽐내시던 그 모습 그대로

아들의 색소폰 반주에 맞추어

어머니께서는 피곤하신 줄도 모르고

아련한 그 옛날 향수에 젖어드신다.

자장면에 대한 추억

주말 지인들과 공원에서
자장면을 배달시켜 먹었다.
자연스럽게 자장면에 대한
추억이야기가 나왔다.
자장면은 우리 서민들이 누구나
즐겨 먹었던 음식이고
맛있게 먹는 음식이다.
나 어렸을 때도 자장면이 있었으니
긴 역사 속의 음식이고
누구나가 자장면에 대한
추억 하나쯤은 있을 것이다.
추억을 더듬어 보면
초등학교 졸업식 후 먹었던
자장면이 아닐까 싶다.
오늘은 아련한 그 추억 속에서
자장면을 맛있게 먹는다.

커피와 크래커

점심 식사 후

나른해지는 오후 시간

커피 생각이 저절로 날 때면

부드러운 아메리카노 커피 한잔에

크래커를 살짝 담가서

여유롭게 먹는

커피 브레이크 타임

이 순간만큼은

세상 부러울 게 없다.

이 두 가지 조합은

찰떡 궁합이고

나른한 오후를

시작하는 나에게

엔도르핀을 생기게 한다.

감사의 마음

세상 속의 행운이 후원자와 자원봉사자님께
향하기를 간절히 바랍니다.
보내주신 사랑과 따듯한 마음은
항상 복지관에 따듯함이 이어졌습니다.
감사하는 마음 가득 담아 전해 드립니다.

복지관에서 근무하면서
함박웃음을 주는 자원봉사자님과
후원자님을 볼 때
살짝이 누군가의 힘이 되어주고
챙겨주시는 모습에서
세상이 밝은 이유를 알 것 같습니다.

작은 인연으로 시작하여
사람 사는 풋풋한 향기를 전해주신
후원자님 자원봉사자님
어르신의 마음을 담아 감사의 인사를 보냅니다.

○○ 노인 복지센터로부터

내 인생의 노트 61

정년퇴직을 앞두고

어느덧 35년이라는 세월이
물 흐르듯 흘러 흘러
정년퇴직을 앞두게 되었다.
바쁘게 숨 가쁘게 앞만 보고 달려온 시간들
이제는 아름다운 추억 속으로
돌이켜 보면 많이 부족한 나였는데
정년까지 직장 생활을 하는
행운을 누렸으니 참 고마운 일이다.
이제 시작할 인생 이모작 이제부터는
시간 부자가 될 것이다.
더더욱 알차고 호기심 넘치고 동심으로 돌아가
충만함으로 꼭꼭 채우는
인생 이모작을 시작해야겠다.
이제부터 시작되는 인생 황금기 남은 인생 절반은
나답게 나를 위해서 사는 것이다.
가슴 뛰게 몸과 마음 관리 잘하고
나를 위해 주어진 황금 같은 시간

다시 배워보고 싶은 거 배우고
이제부터 인생은 모름지기
속도가 아니라 방향이다.
정년퇴직이 기대하는 인생 제2의
이벤트가 되도록 하자.

금퇴족인가 흙퇴족인가

직장인들은 인생 육십을 넘어서면
영광스러운 은퇴가
기다리고 있다.

은퇴의 한쪽에는 금퇴가
다른 한쪽에는 흙퇴가
금퇴는 한가로움과 여유로
경제적 안정과 기대했던 그날
시간 부자가 되는 것이고
흙퇴는 이제부터
생활비 걱정이라는 날벼락 같은
막막함과 불확실성과 두려움의 대상으로
더 크게 다가오는 것이다.
나와 같이 은퇴하는 모든 사람이
행복한 노후 생활을
즐기기를 바라는 마음이 간절하다.

아쉬움

어느덧 신축년 한 해가
마지막을 향해 달려가고 있다.
이제 달력도 한 장 남았다.
올해 계획했던 일 100점은 아니지만
80점은 이룬 것 같다.
그래도 80점이면 B라는 성적표를 받았다.
약간의 아쉬움이 남지만
코로나 핑곗거리가 있어서 다행이다.
이제는 단계적 일상회복이
진행되고 있으니
조금이라도 가산점을 보태도록 하자.
남은 올 한 해도 잘 마무리하고
내년에는 좋은 계획 세워서 아쉬움보다는
설렘 호기심 동심으로
충만감으로 채우도록 하자.
한 해 동안 수고한 나에게 박수를 보낸다.

연말 건배사

어느덧 12월
달력도 이제 한 장 남은 연말
모임 자리도 많아지고
이런 자리에서 센스 있는
건배사가 필요하다.

"소취하 당취평"
소주에 취하면 하루가 즐겁고
당신에게 취하면 평생이 즐겁다.

"아우디 사우디"
아줌마 우정은 뒤질 때까지
사나이 우정도 뒤질 때까지

"당신 멋져"
당당하게 살고 신나게 살고
멋지게 살고 져주면서 살자.

겨울의 신평동 골목길에서

골목길 가로수에
바람이 잎새를
다 날려 보내고
앙상한 가지만
남아 있네.
나무도 이제
겨울 채비를 끝냈나 보다.
골목길을 걸어가는
사람들의 옷차림도
두꺼워졌네.
자연도 사람도
피해갈 수 없는 겨울
내 삶도 어느새 휑한 골목길에 서 있네.
골목길 포장마차
따끈한 오뎅 국물 한 그릇이
내 마음을 녹인다.

12
월

한 해를 매듭짓는
마지막 달 12월

12라는 숫자의 의미는
앞에 있는 1이라는 숫자에게
뒤에 있는 2라는 숫자가
고개 숙이는 모형으로

그동안 감사하는 마음을
표현하고 전하는 달이다.

한 해 동안 감사했던
가족 친지 친구분들께
안부전화 안부문자로
감사의 마음을 표현하는
시간을 보내도록 하자.

고향 들녘 서리꽃의 추억

나의 살던 고향은

서리꽃 피는 산골

추수가 끝난 휑한 겨울 들녘에

논바닥 살얼음 위로

서리꽃이 만발하고

동쪽 하늘에서 떠오르는

아침 햇살에

온 들녘이 은빛 보석으로 수놓일 때

이 아름다운 보석 위에서

반백 년 전에 코흘리개였던

그 아이가 벼 짚동 사이에서

숨바꼭질하면서 놀고 있다.

그 시절이 눈앞에 교차되는 순간

내 가슴이 벅차오르고

찐한 감동이 전해 온다.

오늘도 내 가슴속에

아름다운 추억의 나무를 한 그루 심었다.

글쓰기 인테리어

인생 이 막의 시작

내 인생에도 인테리어가 필요하다.

그래서 나는 요즘 글쓰기

인테리어를 하고 있다.

여태까지 살아오면서

내 뜻대로 된 것은

별로 없는 것 같다.

악착스럽게 누구보다

열심히 살아왔는데

뒤돌아보니 별거 아닌데

여태까지 쉬지 않고 달려왔으니

이제는 좀 숨 고를 때도 된 것 같다.

글을 쓰면서 머릿속이 정리되는 것을 느끼고

대견한 나에 대한 격려와 칭찬도 하고 싶다.

요즘 나는 글쓰기 인테리어를 하면서

하루하루를 충만하게 보낸다.

내 인생의 노트 61

시골 장날

가는 날이 장날이라고 했던가.

모친과 함께 고춧가루 빻으려

장터 방앗간에 들른 날이 마침 오일장 장날이었다.

이곳 장터는 내 어린 시절의 추억이

고스란히 머물고 있는 곳이다.

아득한 옛날 장날이면 아버지 손잡고 소 팔러 와서

큰 소 팔고 송아지 사고 나면

아버지께서 흰 배신운동화 한 켤레도 사 주셨다.

흰 배신운동화 한 켤레에 기분은 왔다 뿅

장터 길가에는 일 원에 여섯 개 주던

양호 엄마의 꿀맛 같던 풀빵

입에 하나 넣으면 십 리 간다는 십 리 사탕을 팔던

태녕 선생님 구멍가게

봄소풍 가을 소풍 운동회 졸업식 때

추억을 소중히 담아 두었던

친구 아버지 형제 사진관

지금은 다 추억 속으로 사라졌지만

오늘 내 눈앞에서 지난 추억들이
영사기 필름처럼 돌아간다.

어머니의 동지 팥죽

먼 옛날 나 어릴 적에 동짓날이면
어김없이 어머니께서 찹쌀가루로
새알을 동글 동글 빚어서
불그스름하니 고운 색깔의
꿀맛 같은 팥죽을 만들어 주시면서
새알은 나이만큼 먹어야 한다고
말씀하시곤 하셨다.

세월이 흐르고 돌고 돌아
동지가 어김없이 돌아오건만
어머니의 팥죽은 추억 속의 이야기가 되었다.
이제는 동지 팥죽을 카톡으로 구경하고
눈으로 나누어 먹는다.

기나긴 시골 겨울 추위에도
따듯하니 마음을 녹여주던
그때 어머니의 정성이 듬뿍 담긴
동지 팥죽 한 그릇이 그립다.

아름다운 동행

차디찬 겨울바람이 부는 12월 말
횡단보도 도로 위로 노년의 신사
두 분이 다정히 손을 잡고 걸어간다.
뒷모습이 너무 아름답다.
무슨 좋은 일이 있는지 두 분의 대화에서
연신 웃음꽃이 흘러나온다.

대화를 들어보니
점심 메뉴 이야기다.
앞에서 뵈오니 족히 칠십 중반은
넘기신 것 같은데
길동무하시면서 따스함이 넘치는
웃음꽃 피우면서 걸어가는 모습에
나는 홀딱 반한다.
친구란 혼자 길을 가는 게 아니라
둘이서 손잡고 함께 가야
진정한 친구이다.
우리도 나이가 들면 저렇게 늙어야지.

내 인생의 노트 61

나만의 색깔

요즘은 개성시대라고 한다.
이 험난한 세상을 살아가는 데는
나만의 색깔이 있어야 한다.
그래서 나는 요즘 나만의
색깔을 만들기 위하여
내공을 키우는 중이다.

색소폰 연주도 그렇고 노래도 그렇고
글쓰기도 그렇고 말도 그렇고
내 마음과 대화를 많이 해서
나만의 색깔을 만들어 가자.

나만의 색깔을 잘 다듬어서
내 마음속에서 꺼내어서
세상을 바라보고 살아간다면
얼마나 아름다운 인생인가.

사과와 감사

우리는 세상을 살아가면서
누구에게 지적을 받으면
분노하는 사람이 대부분이다.
잘못했다는 말을 안 배웠는지
할 줄 모르는 것인지
어쨌든 정답은 사과하는 것이다.
내가 잘못한 일 지적받는 일이 생기면
사과를 할 줄 아는 사람이 되어야 한다.

또한 우리는 세상을 살아가면서
많은 도움을 주기도 하지만
도움을 받고 살아가는 것도 사실이다.
우리는 도움을 받는 데 너무 익숙해져서 그런지
감사라는 표현을 하는 사람이 드물다.
작은 것에도 감사를 표현하는 사람이 되자.

크리스마스 이브 날

내 인생의 노트 61

그때 그 시절

책보따리 어깨에 둘러메고

마을 입구에 모여서

애향 반 깃발 앞세우고

초등학교 가던 그때 그 시절

학교에 도착하면 국기게양대 앞에서

국기에 대한 맹서를 다짐했던 그때 그 시절

노는 시간에 여학생 고무줄 놀이 할 때

고무줄 끊고 도망갔던 개구쟁이 그때 그 시절

칠판에 철수가 영숙이 좋아한다고

글 써놓고 지우개 숨겨서 영숙이를 울게 했던

그때 그 시절

구구단 다 못 외우고 한글 받아쓰기 빵점 받아서

교실에 붙잡혀 있었던 그때 그 시절

친구들아 그때 그 시절이 그립제

지금은 어린아이 공부소리 웃음소리는

온데간데없고 추억만 남아 있고

오뎅 공장이 되어서 김만 모락모락 올라온다.

웰 에 이 징

사람이 사람답게 아름답게 곱게 늙어가는 것을

웰 에이징이라고 한다.

노년에 아름답게 늙어 간다는 것은

결코 쉬운 일이 아니다.

때늦은 점심시간 지인과 함께 점심을 먹기 위하여

국밥집에 들렀다.

국밥 두 그릇을 주문하고 나서 옆 테이블을 보니

연세 지긋한 두 어르신께서

오손도손 이야기 나누면서 국밥을 맛있게

드시고 계셨다.

처음에는 부부 사이인 줄 알았는데

대화 내용을 들어보니 친구 사이인 것 같다.

두 분의 깔끔한 외모와 눈가에는

아름다운 미소가 머물고

얼굴에는 세상 아무 걱정 없는 여유로움이 넘친다.

바로 저 두 어르신이 웰 에이징이다.

아 나도 저렇게 늙어야지 하면서 마음속 다짐을 한다.

신마산 댓거리 새벽시장

주말 새벽 5시 반
시골 어머님께 가는 길에
신마산 댓거리
새벽시장에 들렀다 간다.
대부분 사람들이
이불 속에서 뒤척일 때
많은 사람들이 시장에 나와 땀 흘리며
일하고 있는 모습을 볼 때
내 마음속에 생기가 충전되고 넘쳐흐른다.
동트기 전
겨울철에 매서운 칼바람을 맞으며
밝고 힘찬 모습으로 일하는 모습을 볼 때
내 마음에는 생기가 넘쳐흐른다.
신마산 새벽시장은
나에게 항상 단비와 같은 존재이고
희망 그 자체이다.

친구들아 행복하게 살자

엊그제 시작한 새해

어느덧 12월 마지막 날이다.

자고 일어나면 아침이고 돌아서면 저녁이고

월요일인가 하면 금세 금요일이고

월초 뭔가 시작하려 하면 어느덧

월말을 향해 달리고 있고

세월이 빠른 건지 마음이 바쁜 건지

아니면 삶이 점점 짧아지는 건지

지금까지 가진 것 해놓은 것 아무것도 없는데

어느덧 머리는 허옇게 변하고 얼굴에 주름이

중년을 훌쩍 넘어버린 나이가 되었네.

세월 가는 것 허무하다 생각 말고

그래도 하루하루 바쁘게 알차게 살아야지.

차가운 겨울바람 지나가면 따스한 봄날 오듯이

사는 날까지 행복하게 살자.

독일 아우토반을 달렸던 추억

따스한 봄날 집안 다용도실을 정리하다 보니
눈에 익은 국제운전면허증이 눈에 들어왔다.
1994년 독일 파견 근무 시 발급받은
운전 면허증이었다.

독일은 연말이면 보통 보름간의 휴무를
가족과 함께 즐긴다.
나 역시 가족과 함께 유럽 여행을 즐겼다.
독일 국민차 폭스바겐 차를 렌트하여
가족과 함께 뮌헨에서
슈투트가르트를 거쳐서 하이델베르크로
아우토반을 신나게 달렸던 기억이
새롭게 떠오른다.

그 당시에는 운전을 시작한 지도
오래되지 않았는데
아무런 겁도 없이 아우토반에서 200Km로 신나게

달렸다.

돌아오는 길에는 아우토반 진입로를 못 찾아서

한참을 헤매었던 기억이 새롭고

이제는 추억 속의 한 장면이 되었다.

나에게 독일 아우토반을 달리게 했던

좋은 추억을 가져다준

추억 속의 국제 운전 면허증

소중한 추억으로 깊이 간직해야겠다.

'내 인생의 노트' 글쓰기를 마무리하면서

누군가가 나에게 하루 일과 중 언제가 가장 기분이 좋은 때인지를 물어본다면 아침에 글을 쓸 때라고 대답할 것이다. 2021년 버킷 리스트 중의 하나였던 '내 인생의 노트' 글쓰기는 생각보다 어렵고 막막했다. 하지만 지나가면서 떠오르는 생각, 오늘 일어났던 일, 작지만 소중한 얘기부터 하나씩 쓰다 보니 표현도 늘고 잊고 있던 생각도 떠올랐다. 앞으로 10년, 아니 20년 후에도 잊고 있었던 생각을 떠올리며 기억력 생생한 청년으로 살기 위하여 꼭 써보고 싶었던 글쓰기였다.

마무리를 하려고 하다 보니 아직 절반은 부족한 것 같다. 나머지 절반은 조금씩 조금씩 살면서 채워 나가야겠다.

환갑의 문턱에서 돌아보는 평범한 삶의 아름다움과 인생 후반전을 준비하는 충만한 삶

권선복 | 도서출판 행복에너지 대표이사

성공한 삶이란 무엇일까요? 이 질문에 대해서는 굉장히 다양한 답이 존재할 수 있을 것입니다. 물론 많은 사람들은 부와 명예를 누리고 다른 사람들의 주목을 받는 삶을 성공한 삶이라고 생각하며, 이러한 삶을 동경하지만 이러한 삶이 우리가 지향해야 할 유일한 성공한 삶인 것은 아니기 때문입니다. 100명의 사람이 있다면 100개의 삶이 존재하며, 각각의 삶에 담긴 이야기와 의미는 소중한 한 권 한 권의 책과도 같아 진정 성공한 삶이 무엇인지 우리에게 보여주곤 합니다.

그러한 의미에서 (주)STX의 임원, 부산광역시 원자력 운영위원을 역임하고 산업단지공단 부산지사 운영위원, MAN ES KOREA 국가인적자원개발 운영위원으로 활동하고 있는 정성군 작가의 회갑 기념 문집인 이 책 『내 인생의 노트 61』은 화려하거나 주목받는 삶이 아니더라도 충분히 성공한 삶이 될 수 있다는 것을, 잔잔하고 소박하면

서도 깊은 향기가 느껴지는 필치로 보여주고 있는 시집이자 동시에 에세이집입니다.

이 책에 담긴 글들은 시라고 불 수 있는 형식을 취하고 있기는 하나 일반적인 시에 비해서는 매우 담백하고 일상적인 단어 사용과 표현 기법을 보여주고 있습니다. 하지만 그럼에도 불구하고 시에서만 느낄 수 있는 독특한 감성을 느끼며 감탄하게 되는 것은, 2022년 신춘문예 및 제12회 샘문학상을 통해 등단한 저자의 문학적 감성이 느껴지는 지점이라고 할 수 있을 것입니다. 사계절의 흐름을 모티브로 하여 일상의 아름다움, 가족에 대한 사랑, 삶에 대한 통찰 등을 자연스럽게 담아내고 있는 글들을 따라가다 보면 진정으로 성공한 삶이라는 것은 무엇인지, 100세 시대를 맞아 행복한 인생 2막을 만들어 나가기 위해서 어떤 자세를 가지고 삶에 임해야 하는지를 머리가 아닌 가슴으로 느끼게 될 수 있을 것입니다.

인생 흑반전은 나 자신을 위한 삶, 해보고 싶었던 것 해보고 즐기면서 살아가기 위해서는 집의 크기보다는 마음의 크기를 키워야 합니다. 글쓰기와 취미생활을 통하여 세상을 바라보는 창문을 여러 개 만들어 균형 있게 바라볼 수 있도록 하고 자격증 취득 등 새로운 도전과 봉사활동으로 꿈을 하나씩 실천해 나가는 것이 인생 흑반전을 충만하게 사는 것이고 이것이 진짜로 호흡이 깊은 인생 공부입니다.

일상의 따뜻한 행복을 전달하는 이 책 『내 인생의 노트 61』이 독자분들의 가슴에 따스한 일상의 울림을 전달하기를 희망합니다!

'행복에너지'의 해피 대한민국 프로젝트!
〈모교 책 보내기 운동〉

대한민국의 뿌리, 대한민국의 미래 **청소년·청년**들에게 **책**을 보내주세요.

많은 학교의 도서관이 가난해지고 있습니다. 그만큼 많은 학생들의 마음 또한 가난해지고 있습니다. 학교 도서관에는 색이 바래고 찢어진 책들이 나뒹굽니다. 더럽고 먼지만 앉은 책을 과연 누가 읽고 싶어 할까요? 게임과 스마트폰에 중독된 초·중고생들. 입시의 문턱 앞에서 문제집에만 매달리는 고등학생들. 험난한 취업 준비에 책 읽을 시간조차 없는 대학생들. 아무런 꿈도 없이 정해진 길을 따라서만 가는 젊은이들이 과연 대한민국을 이끌 수 있을까요?

한 권의 책은 한 사람의 인생을 바꾸는 힘을 가지고 있습니다. 한 사람의 인생이 바뀌면 한 나라의 국운이 바뀝니다. **저희 행복에너지에서는 베스트셀러와 각종 기관에서 우수도서로 선정된 도서를 중심으로 〈모교 책 보내기 운동〉을 펼치고 있습니다.** 대한민국의 미래, 젊은이들에게 좋은 책을 보내주십시오. 독자 여러분의 자랑스러운 모교에 보내진 한 권의 책은 더 크게 성장할 대한민국의 발판이 될 것입니다.

도서출판 행복에너지를 성원해주시는 독자 여러분의 많은 관심과 참여 부탁드리겠습니다.

도서출판 행복에너지 임직원 일동